1

Marta Frascara
Natale 2018/19
Luca

UNTRADITIONAL

Fabio Volo

A COSA SERVONO
I DESIDERI

MONDADORI

Dello stesso autore
in edizione Mondadori

Esco a fare due passi
È una vita che ti aspetto
Un posto nel mondo
Il giorno in più
Il tempo che vorrei
Le prime luci del mattino
La strada verso casa
È tutta vita

▲ librimondadori.it
anobii.com

A cosa servono i desideri
di Fabio Volo

ISBN 978-88-04-67459-7

A cosa servono i desideri

Che meraviglia. La vita!

Questa mattina dopo aver fatto colazione e bevuto il caffè ho deciso di sistemare delle vecchie cose, e dentro una scatola ho trovato un taccuino, uno di quelli neri con l'elastico a vista. Mi sono seduto sul divano e non sono più riuscito a chiuderlo, l'ho letto tutto d'un fiato.

Nella prima pagina ho trovato queste parole: "Che meraviglia. La vita!".

Ricordo ancora il giorno in cui ho iniziato ad annotare le prime cose, avevo diciott'anni. Mi piaceva riportare tutto quello che mi colpiva: libri, canzoni, film, alcune piccole riflessioni e miei pensieri.

Grazie a quel taccuino ho imparato a esprimere sentimenti, emozioni. Mi ha permesso di scoprire cose di me che non conoscevo, mi ha educato.

Tra le pagine ho trovato queste parole di Khalil Gibran:

La mia casa mi dice: "Non lasciarmi, perché qui dimora il tuo passato".

E la strada mi dice: "Vieni e seguimi, perché sono il tuo futuro".

E io dico alla casa e alla strada: "Non ho passato, non ho futuro. Se resto, c'è un andare nel mio rimanere; e se vado, c'è un restare nel mio andarmene. Solo l'amore e la morte mutano tutte le cose".

Gibran dava voce a una domanda centrale per la mia vita: restare a casa con i miei genitori, su una strada già segnata, o partire in cerca di avventura, di un destino inedito, originale?

Mi sembrava la questione cruciale, quella più profonda e più difficile da porsi.

Restare era più sicuro ma per qualche ragione sentivo che era sbagliato, che dovevo trovare il coraggio di fare il grande salto. Le cose magiche, le cose che stupiscono, che lasciano il segno accadono quasi sempre fuori dalla nostra comfort zone.

Una nave in porto è al sicuro, ma non è per questo che le navi sono state costruite.
(John A. Shedd)

In quel momento era come se la vita che stavo vivendo non bastasse più, ne sognavo una più grande, più vasta, più piena.

Avevo bisogno di aprire una finestra per far entrare il sole nella stanza, avevo paura che altrimenti, col passare del tempo, avrei finito per scambiare la luce dell'abat-jour con quella del sole.

C'era un guasto nel mio cuore, una voce che mi parlava dentro e diceva: "Voglio, voglio, voglio!". Succedeva tutti i pomeriggi, e quando io cercavo di soffocarla, diventava anche più forte.
(Saul Bellow)

In ogni cosa ho voglia di arrivare
sino alla sostanza.
Nel lavoro, cercando la mia strada,
nel tumulto del cuore.
Sino all'essenza dei giorni passati,
sino alla loro ragione,

9

sino ai motivi, sino alle radici,
sino al midollo.
Eternamente aggrappandomi al filo
dei destini, degli avvenimenti,
sentire, amare, vivere, pensare
effettuare scoperte.
(Boris Pasternak)

Dentro di me c'erano una forza e un impeto che andavano assecondati, altrimenti si sarebbero lentamente spenti, sarebbero andati persi nel mondo delle cose che non accadono.

Fra vent'anni rimpiangerete ciò che non avete fatto. Quindi mollate gli ormeggi, allontanatevi dai porti sicuri e lasciate che il vento gonfi le vostre vele. Esplorate. Sognate. Scoprite.
(Mark Twain)

Porto con me le ferite di tutte le battaglie che ho evitato.
(Fernando Pessoa)

C'è sempre una filosofia per la mancanza di coraggio.
(Albert Camus)

Dovevo trovare il coraggio di partire, andare nel mondo in cerca della mia famiglia, non quella biologica, quella elettiva.

C'è un momento in cui la giovinezza si perde. È il momento in cui si perdono gli altri. Bisogna saperlo accettare. Ma è un momento duro.
(Albert Camus)

Lasciare gli affetti, allontanarmi dalle persone a cui ero legato era difficile, mi creava un disagio profondo, che cresceva quando chi era intorno a me mi diceva: "Chi ti credi di essere? Pensi di essere meglio di noi?".

Il mio disagio mi faceva vergognare di me stesso, mettendomi in imbarazzo, perché pensavo nascondesse l'egoismo e la presunzione di chi crede che il mondo abbia in serbo per lui qualcosa di diverso dal destino che gli è toccato per nascita.

Come potevo condividere con qualcuno i miei desideri profondi? Ne avevo pudore perfino con me stesso.

C'è voluto del tempo per capire che il mio disagio era una forma di amore vero, reale, verso la mia persona. C'è voluto del tempo per imparare che l'egoista non è chi ama se stesso ma chi "si occupa" solo di se stesso.

né dolcezza di figlio, né la pieta
del vecchio padre, né 'l debito amore
lo qual dovea Penelopè far lieta,

vincer potero dentro a me l'ardore
ch'i' ebbi a divenir del mondo esperto
e de li vizi umani e del valore;

ma misi me per l'alto mare aperto
sol con un legno e con quella compagna
picciola da la qual non fui diserto.
(Dante Alighieri)

Nessun legame d'affetto, né con il padre, né con il figlio, né con la donna che amava, era riuscito a fermare Ulisse, a fermare l'ardore, la spinta ad andare a conoscere il mondo, gli uomini, e quindi se stesso.

Come lui, nemmeno io mi sono fatto frenare dall'amore per i miei genitori e per gli amici. Non erano solo la rabbia o la voglia di un riscatto sociale a darmi coraggio, ma il desiderio di godere, amare, respirare la vita fino in fondo.

Come tutti, sono nato con un naturale istinto alla libertà, e il mio carburante era la gioia di esserci.

Mio cuore, monello giocondo che ride pur anco nel pianto,
mio cuore, bambino che è tanto felice d'esistere al mondo.
(Guido Gozzano)

Ulisse ubbidì e fu lieto nell'animo.
(Omero)

Non bisogna fare la rivoluzione per dare il potere a una classe ma per dare una possibilità alla vita.
(Lawrence d'Arabia)

L'amore per i libri mi ha aiutato a trovare il coraggio, perché mi ha spinto a indagare su me stesso. Dentro i personaggi delle storie che leggevo trovavo sempre qualcosa che mi apparteneva, qualcosa che mi parlava. Era come se potessi riconoscere le cose nel profondo. Le parole di altri erano un'eco per sentimenti e pensieri che portavo già dentro e non sapevo di avere. Erano perfette per esprimere quello a cui non riuscivo a dare una forma precisa, erano in grado di raccontare ciò che non sapevo descrivere.

Leggere metteva in moto tutto quello che c'era dentro di me: fantasia, emozioni, sentimenti, desideri. Era una specie di apertura dei sensi verso il mondo.

Le situazioni difficili e dure che vivevano i personaggi dei libri alleggerivano l'angoscia che provavo quando pensavo al mio futuro e al tempo che avevo davanti, alla scelta da fare.

Una delle mie prime letture è stata *Narciso e Boccadoro* di Herman Hesse. Nei personaggi riconoscevo le mie due anime, il conflitto che mi portavo dentro, la casa o la strada.

E mi sono bastate le prime righe de *La linea d'ombra* di Joseph Conrad per decidere di diventare il capitano della mia nave:

Ci si chiude alle spalle il cancelletto dell'infanzia, e si entra in un giardino di incanti. Persino la penombra qui brilla di promesse. A ogni svolta il sentiero

ha le sue seduzioni. E non perché sia questo un pae-
se inesplorato. Lo sappiamo bene che l'umanità tut-
ta è passata di lì. È piuttosto l'incanto dell'univer-
sale esperienza, da cui ci aspettiamo emozioni non
ordinarie o personali, qualcosa che sia solo nostro.

Ricordo la prima notte in una città nuova, grande, sconosciuta. Lontano dalla famiglia, dagli
amici e dai miei punti di riferimento. Il senso di
libertà era potente e al tempo stesso spaventa-
va. Potevo essere tutto o niente, una vertigine.

All'inizio non avevo l'appoggio delle persone che mi stavano intorno, anche chi mi voleva bene mi poneva di fronte a una serie di
fallimenti, scenari pericolosi in cui mi sarei potuto trovare. Dicevano di mettermi in guardia
per proteggermi, per evitare che restassi deluso, ferito, scottato. Avevo già immaginato tutte le catastrofi possibili, sapevo cosa stavo ri-
schiando, proprio per questo ero pieno di paure
che mi tenevano sveglio la notte. Non ero in-
cosciente, ero una persona che voleva darsi
una possibilità.

A dispetto di tutto volevo tentare, volevo
provarci.

Chi dice che è impossibile non dovrebbe disturbare chi ce la sta facendo.
(Albert Einstein)

Passavo le ore a riflettere, a cercare di prevedere quali potessero essere le mie possibilità di riuscita, se ce ne fosse stata almeno una.

Dovevo capire quali fossero le mie capacità, il mio talento, in cosa ero bravo. Mi è venuto incontro Michelangelo:

Non ha l'ottimo artista alcun concetto
c'un marmo solo in sé non circonscriva
col suo superchio.

Diceva di non scolpire l'opera d'arte nel marmo, ma di liberarla da ciò che la imprigionava e la bloccava. L'opera d'arte era già lì presente, era fatta, era completa.

Ho capito che non c'era niente da aggiungere, era già tutto dentro di me, dovevo solo trovare il coraggio di emanciparmi da quello che mi ingabbiava e che mi impediva di vedere chi fossi.

Ci vuole molto coraggio per crescere e diventare ciò che si è.
(E.E. Cummings)

Ogni uomo dovrebbe guardare dentro di sé per imparare il significato della vita. Non è qualcosa che si scopre: è qualcosa che si deve modellare.
(Antoine de Saint-Exupéry)

Se nel blocco fossero invece venature che segnassero l'immagine d'Ercole a preferenza di altre immagini, questo blocco vi sarebbe più disposto, e l'Ercole vi sarebbe in certo modo come innato, per quanto fosse sempre necessario un lavoro per scoprire queste vene e pulirle, togliendo ciò che impedisce loro di mostrarsi. Nello stesso modo ci sono innate le idee e le verità, e cioè come inclinazioni, disposizioni, abitudini o virtualità naturali.
(Gottfried Wilhelm von Leibniz)

Dovevo lasciare andare anche gli ultimi ormeggi che mi tenevano legato a una vecchia idea di me. Dovevo solo diventare ciò che ero già, anche se non era del tutto chiaro ai miei occhi. Sapevo cosa non mi piaceva, cosa non volevo essere, non ancora cosa volessi diventare.

Per capire e raggiungere ciò che vuoi comincia a scartare ciò che non vuoi.
(Mark Twain)

Scavando ben a fondo nella nostra personalità rischiamo d'imbatterci in uno sconosciuto.
(Michelangelo Cammarata)

Chiunque ha talento. Ciò che è raro è il coraggio di seguire quel talento nel luogo oscuro a cui conduce.
(Erica Jong)

Non mi andava di vivere senza sapere chi fossi veramente, o peggio ancora fingendo di essere qualcun altro.

Preferisco essere odiato per ciò che sono piuttosto che amato per ciò che non sono.
(Kurt Cobain)

Una volta compiuto il grande passo, ho subito capito che avrei deluso quelli che avevo intorno perché stavo diventando una persona diversa, a loro sconosciuta, lontana dall'idea che avevano di me.

Deludere chi ci vuole bene è un peso difficile da sostenere, ma in quel momento era necessario. Quando te ne vai, alcuni la prendono come qualcosa di personale, come se nel tuo andare ci fosse un giudizio sul loro restare. Dovevo accettare di non piacere. Non era per nulla facile.

Non conosco il segreto del successo, ma il segreto del fallimento è cercare di accontentare tutti.
(Bill Cosby)

Se devo cantare come qualcun altro, è inutile che canti.
(Billie Holiday)

Non hai forza per tentare
di cambiare il tuo avvenire
per paura di scoprire
libertà che non vuoi avere...
Ti sei mai chiesto
quale funzione hai?
(Franco Battiato)

Girando sempre su se stessi, vedendo e facendo sempre le stesse cose, si perde l'abitudine e la possibilità di esercitare la propria intelligenza e lentamente tutto si chiude, si indurisce, si atrofizza come un muscolo.
(Albert Camus)

Una volta lasciate tutte le mie certezze, la vita si era trasformata in una vera avventura, con una meta chiara da raggiungere: cercare quale fosse il mio talento, capire cosa desiderassi realmente, capire cosa ne volessi fare, della mia vita.

La mente, spinta dal desiderio di creare, trasforma il creato.
(Veda)

Domani sarò ciò che oggi ho scelto di essere.
(Harvey Spencer Lewis)

Ero partito come un maratoneta che correva in compagnia dei suoi amici e dei suoi famigliari. Mentre correvo avevo capito di avere una buona gamba e di poter andare più veloce. Avevo deciso di seguire la mia forza.

Dopo un po' di strada mi ero accorto di aver staccato il gruppo, mi ero girato e mi ero scoperto solo. Loro erano indietro, li vedevo ridere tutti insieme, e io ero solo con me stesso.

Era accaduto quello che avevo sempre temuto: la solitudine si era impossessata di me. Proprio allora ho fatto una grande scoperta: seguire il mio passo mi staccava sì dagli altri, ma al tempo stesso mi dava un senso nuovo di pienezza, ero nel mio elemento. Per assurdo, nella solitudine non mi sentivo più così solo.

Tutta l'infelicità degli uomini proviene da una cosa sola: dal non saper restare tranquilli in una camera.

Bisogna conoscere se stessi. E anche se questo non servisse a trovare la verità, servirebbe almeno a regolare la propria vita; e non c'è niente di più giusto.

(Blaise Pascal)

In ciascuno vi è qualcosa di prezioso, che è suo e solo suo, e non può essere trovato in nessun altro. Se ciascun individuo non possedesse un significato speciale, suo e di nessun altro, allora Dio non avrebbe sicuramente avuto nessun motivo per metterlo in questo mondo. Ma anche se ciascuno vuole essere una

persona speciale, fin troppo spesso succede che voglia essere speciale nello stesso modo di qualcun altro, anziché nel suo modo, e per se stesso.
(Sheldon B. Kopp)

Ognuno è stato creato per un compito particolare e nel suo cuore è innato il desiderio di eseguirlo.
(Rûmî)

Negli anni ho capito che l'idea di me non era fissa, immutabile, scolpita nel marmo, ma in continuo cambiamento. Molte cose che inseguivo in passato ora non mi seducono più, hanno lasciato spazio ad altri desideri.

Forse i desideri non sono una cosa da realizzare, una meta da raggiungere, ma il carburante per metterci in moto. La meta siamo sempre noi, e noi siamo in perenne mutamento.

Prendendo in mano un libro già letto, a volte mi sorprendo nel vedere cosa avevo sottolineato e cosa invece mi era sfuggito, non perché in passato fossi distratto, ma perché ora sono un'altra persona.

Le cose non si vedono per ciò che sono, ma per ciò che sei.

In Giappone esiste uno spettacolo teatrale in cui un samurai è da solo sulla scena. La performance dura ventiquattr'ore e quello che accade è molto semplice: quando il sipario si apre il samurai si trova alla destra del palcoscenico, dopo ventiquattr'ore è sul lato sinistro, senza che nessuno, fra gli spettatori, l'abbia visto spostarsi. I suoi movimenti sono così piccoli e lenti da essere impercettibili, ma in realtà nello spazio di un giorno ha percorso tutta la larghezza del palcoscenico.

Ho sempre pensato che questo spettacolo raccontasse la vita.

Non mi sono mai accorto di essere così distante dal ragazzo che ero.

E ho sempre pensato che il cammino circolare verso se stessi si debba iniziare da soli.

Da soli è un viaggio, in due è già una scampagnata.

Nel mezzo del mio cammino ho incontrato una persona. Anche se non avevo ancora raggiunto la meta, anche se non avevo trovato ciò che cercavo, ho provato un sentimento nuovo che ha cambiato leggermente la rotta. Ho capito che avrei potuto proseguire con lei, avrei potuto permettermi il lusso di perdermi dentro di lei, vedermi e guardarmi attraverso i suoi occhi. Ero di fronte al tipo di relazione che ti insegna cose nuove di te, che ti fa andare ancora più a fondo nella conoscenza del mondo.

E per la strada fianco a fianco
siamo molto più di due.
(Mario Benedetti)

Il cammino a due, lo scavare dentro se stessi con la mano di un'altra persona, mi ha reso più grande costringendomi a diventare più piccolo, costringendomi a spostare il mio io dal centro del mondo. Con l'arrivo dei figli ho imparato cosa significa espandersi, cosa significa amare qualcosa *altro* da te.

Da soli si va più veloci, insieme si va più lontano.
(Proverbio africano)

Un paio di anni fa ho fatto un trasloco, stava per nascere il mio secondo figlio. La casa era già diventata troppo piccola con l'arrivo del primo, bisognava trovare un appartamento più grande.

Mentre riempivo gli scatoloni ho avuto la sensazione che sarebbe stata l'ultima volta. Ora ripensandoci sorrido, perché proprio in questi mesi stiamo progettando di cambiare città. Questa volta non per esigenze di spazio, ma per inseguire un sogno.

Sono passati più di vent'anni e mi trovo davanti allo stesso bivio, andare o restare.

Come si fa a capire se nella vita avere grandi sogni è da presuntuosi o da coraggiosi?

Come si fa a sapere se è giusto desiderare di più o se invece è più intelligente imparare ad apprezzare quello che si ha e goderne fino in fondo?

Sono le stesse domande che mi facevo a vent'anni, la differenza non è solo che sono più vecchio: ora nella mia vita ci sono due figli e una compagna, una famiglia, e il mio sogno è anche il loro.

A volte mi capita di paragonare la mia situazione a quella dei miei genitori. Anche loro avevano due figli, un lavoro e una vita senza grandi problemi. Tutto sembrava più stabile, più definito, più conclusivo. Le cose, gli oggetti, le scelte, le decisioni prese avevano un respiro più duraturo, più assoluto.

Forse avevano meno possibilità e per assurdo avere meno possibilità rende la vita più semplice.

Vivere è scegliere... Quanto più passa il tempo, tanto più difficile diventa lo scegliere; infatti l'anima è costantemente in una delle parti del dilemma, e perciò diventa sempre più difficile svincolarsi.
(Søren Kierkegaard)

La sera mi ritrovo sul divano davanti alla televisione con la voglia di guardare un film. Ce ne sono così tanti che più di una volta ho sprecato tutto il tempo nel tentativo di prendere la decisione giusta, scegliere il migliore, e alla fine sono andato a letto senza vedere nulla.

Davanti a una vastità infinita di possibilità la responsabilità è enorme e me la sento tutta addosso. La cosa assurda è che anche dopo aver preso una decisione non riesco a non pensare a tutto quello che ho scartato e a non domandarmi se lì dentro non ci sia qualcosa di meglio per me.

Appena la strada che ho intrapreso non mi soddisfa o è diversa da come l'avevo immaginata e sperata, comincio a metterla in discussione e finisco per screditarla. La paragono alle altre strade che non ho percorso, che sembrano più affascinanti, avventurose, seducenti e che diventano reali, anche se sono frutto della mia mente e della mia immaginazione.

Ogni scelta non presa diventa nella mia testa quella perfetta.

Per la mente che vede con chiarezza non c'è necessità di scelta, c'è azione. La scelta c'è dove c'è confusione. Penso che molti problemi scaturiscano dal dire che siamo liberi di scegliere, che la scelta significa libertà. Al contrario, io direi che la scelta significa una mente confusa, e perciò non libera.

(Jiddu Krishnamurti)

Sono passati molti anni dal ragazzo che ero, quello che è uscito di casa spinto dalla curiosità e dalla voglia di scoprire quale fosse il suo talento. Alla fine non l'ho ancora capito del tutto, nella mia vita più che il talento hanno contato l'atteggiamento, la disciplina, la concentrazione, il sacrificio e soprattutto la capacità di rialzarsi dopo essere caduto, quando la vita colpisce con una forza che non avevi calcolato. Anche oggi continuo a desiderare, a sperare e a sognare. Per fare questo, sono sempre più convinto che non serva nessun talento.

L'unico vero viaggio non consisterebbe nell'andare verso nuovi paesaggi, ma nell'avere altri occhi, nel vedere l'universo con gli occhi di un altro, di cento altri, nel vedere i cento universi che ciascuno di essi vede, che ciascuno di essi è.
(Marcel Proust)

Nella mia vita ho scavato continuamente nel tentativo di trovare qualcosa che non conoscevo, non sapevo cosa fosse e non mi è mai stato chiaro.

Anche oggi non ho smesso, continuo a scavare.

Se ti metti in viaggio per Itaca
augurati che sia lunga la via,
piena di conoscenze e d'avventure.
Non temere Lestrigoni e Ciclopi
o Posidone incollerito:
nulla di questo troverai per via
se tieni alto il pensiero, se un'emozione

eletta ti tocca l'anima e il corpo.
Non incontrerai Lestrigoni e Ciclopi,
e neppure il feroce Posidone,
se non li porti dentro, in cuore,
se non è il cuore a alzarteli davanti.

Augurati che sia lunga la via.
Che siano molte le mattine estive
in cui felice e con soddisfazione
entri in porti mai visti prima;
fa' scalo negli empori dei Fenici
e acquista belle mercanzie,
coralli e madreperle, ebani e ambre,
e ogni sorta d'aromi voluttuosi,
quanti più aromi voluttuosi puoi;
e va' in molte città d'Egitto,
a imparare, imparare dai sapienti.

Tienila sempre in mente, Itaca.
La tua meta è approdare là.
Ma non far fretta al tuo viaggio.
Meglio che duri molti anni;
e che ormai vecchio attracchi all'isola,
ricco di ciò che guadagnasti per la via,
senza aspettarti da Itaca ricchezze.

Itaca ti ha donato il bel viaggio.
Non saresti partito senza lei.
Nulla di più ha da darti.

E se la trovi povera, Itaca non ti ha illuso.
Sei diventato così esperto e saggio,
e avrai capito che vuol dire Itaca.
(Costantino Kavafis)

In questo periodo di grandi decisioni, come per una coincidenza magica, le parole del taccuino sono proprio quelle che avevo bisogno di sentire. Mi è venuto in aiuto il ragazzo che sono stato. Allora ero convinto che invecchiando tutto sarebbe stato più chiaro, che i dubbi si sarebbero sbriciolati davanti ai miei occhi, e invece è vero il contrario: più passano gli anni e meno capisco, ho meno convinzioni e meno risposte.

Nelle pagine del taccuino, oltre alle citazioni, ai testi di canzoni, pensieri e riflessioni, ho ritrovato molte domande.

È stato fondamentale chiedermi delle cose, indagare con dei quesiti. Dovevo conoscermi a fondo, aggiornarmi continuamente sulla mia persona, su chi ero.

La cosa interessante del farsi domande è scoprire che, ancora prima di trovare una risposta, qualcosa si è già mosso in noi, il nostro atteggiamento è già cambiato, siamo diventati esploratori di noi stessi.

Le domande delle pagine successive sono quelle che mi sono fatto per tutta una vita. Sono quelle che mi hanno spinto fuori di casa, sono state la benzina per il cambiamento. La curiosità è stata il motore di tutto, il voler capire, imparare, crescere.

Alcune domande richiedono un'indagine profonda, altre sembrano più leggere ma possono nascondere risposte sorprendenti.

È solo un gioco, nulla di più. È un modo per sapere chi siamo ma soprattutto dove siamo, come il samurai che si ferma un istante e osserva a che punto del palcoscenico è arrivato.

Una cosa che non ho ancora fatto ma che sono sicuro un giorno farò.

. . . .
. . . .
. . . .

Sono in grado di stare bene da solo?

. . . .

. . . .

. . . .

Quando entro in un ambiente nuovo, con persone che non conosco, cerco di sedurle e intrattenerle o preferisco stare in disparte a osservarle?

....

....

....

Una cosa che oggi ho notato per la prima volta.

. . . .
. . . .
. . . .

L'errore più grande della mia vita.

. . . .
. . . .
. . . .

Una cosa che sono contento di aver fatto.

. . . .

. . . .

. . . .

In cosa penso di poter fare la differenza?

. . . .

. . . .

. . . .

Una cosa di cui mi vergogno e che non ho mai detto a nessuno.

....

....

....

Qual è l'ultima volta che sono stato felice?

....

....

....

Mi rigenera di più riposare, dormire e stare solo o trascorrere una serata con gli amici?

....

....

....

Un momento dell'infanzia che ricordo con particolare piacere.

....
....
....

Quando, da adolescente, sono stato un mito per
i miei amici?

. . . .

. . . .

. . . .

Il regalo che spero di ricevere al prossimo compleanno.

....
....
....

La serata ideale insieme alla persona che amo.

· ·
· ·
· ·

La persona che sento più vicina in questo momento, quella che mi comprende meglio e con cui sento di potermi confidare.

. . . .
. . . .
. . . .

Quando non sto bene preferisco stare in mezzo ad altra gente oppure stare da solo?

· ·
· ·
· ·

Una cosa della mia vita che vorrei cambiare.

. . . .

. . . .

. . . .

Cosa ho fatto oggi per cambiare le cose che non
mi piacciono?

....
....
....

Preferisco un viaggio organizzato o all'avventura?

....
....
....

In cosa sono diverso dalle persone che frequento?

....

....

....

La mia paura più grande.

....
....
....

Che animale mi piacerebbe essere?

....
....
....

Pensando alla mia vita, qual è la persona con cui avrei voluto passare più tempo?

....

....

....

Se mi dicessero con assoluta certezza che non fallirei nel raggiungere un obiettivo, quale sceglierei?

. . . .

. . . .

. . . .

Una cosa per cui sono grato alla vita.

. . . .

. . . .

. . . .

Il regalo di compleanno più bello che abbia mai ricevuto.

. . . .

. . . .

. . . .

La frase di una canzone che mi piace più di
ogni altra.

....

....

....

Una situazione che mi mette a disagio.

. . . .

. . . .

. . . .

La prima cosa che ho pensato questa mattina
quando mi sono svegliato.

....
....
....

L'ultima cosa che ho pensato ieri sera prima di addormentarmi.

. . . .

. . . .

. . . .

Una cosa o una persona di cui sento la mancanza.

. . . .

. . . .

. . . .

Per cosa ho sprecato tempo?

....
....
....

Qualcosa che non farò mai nella vita.

. . . .
. . . .
. . . .

In cosa penso di non essere obiettivo?

....

....

....

Una cosa che non mi piace ma che sono costret-
to a fare.

....
....
....

Se mi dicessero che tra una settimana ci sarà la fine del mondo con chi vorrei essere? E dove?

....
....
....

Una cosa della mia vita che non cambierei mai.

. . . .

. . . .

. . . .

Mi piaccio fisicamente? Quale parte del mio corpo mi piace? Quale non mi piace?

. . . .

. . . .

. . . .

Una bella storia che ho sentito e che spesso mi torna in mente.

. . . .
. . . .
. . . .

Una cosa che volevo da bambino e che i miei genitori non mi hanno preso.

. . . .

. . . .

. . . .

Mi considero permaloso?

....

....

....

Una persona che invidio.

....
....
....

Una qualità che ha il mio migliore amico e che vorrei avere anch'io.

....

....

....

Un sogno che al risveglio mi ha regalato una
bella sensazione e che ancora me la regala ogni
volta che ci penso.

. . . .

. . . .

. . . .

Una persona che, segretamente, considero so-
pravvalutata. E una persona che penso merite-
rebbe di più.

. . . .
. . . .
. . . .

Cosa non ho fatto abbastanza nella vita e avrei voluto fare di più?

. . . .

. . . .

. . . .

Cosa avrò tra dieci anni che mi renderà più felice e che adesso non ho?

. . . .
. . . .
. . . .

Se fossi un mio amico, che consiglio darei a me stesso per rendere la mia vita migliore?

. . . .

. . . .

. . . .

Una persona che ammiro. E una che disprezzo.

....
....
....

Cosa non capisce la gente di me?

. . . .
. . . .
. . . .

Le persone vicino a me sono libere di dirmi tutto quello che pensano?

. . . .
. . . .
. . . .

Una persona per cui ci sarò sempre.

. . . .

. . . .

. . . .

Un pensiero negativo che ho spesso.

. . . .
. . . .
. . . .

Una cosa che faccio tutti i giorni e che mi dà un piccolo piacere.

. . . .

. . . .

. . . .

Una qualità che deve avere il mio/la mia compagno/a.

....
....
....

Un artista che più di ogni altro mi ha regalato emozioni.

. . . .

. . . .

. . . .

Io perdono facilmente?

....

....

....

Chi mi ha ispirato nella vita?

....

....

....

Una frase, un detto, una citazione in cui mi ri-
conosco.

....

....

....

Una cosa che cambierei di mia madre e una sua
qualità. Una cosa che cambierei di mio padre e
una sua qualità.

....
....
....

Un segreto che non ho mai confidato alla famiglia.

....

....

....

Mi sento meglio in casa, in famiglia o fuori con gli amici?

....
....
....

Uno dei momenti più felici della mia vita.

. . . .
. . . .
. . . .

Un'avventura che vorrei vivere.

. . . .

. . . .

. . . .

Un giorno della mia vita che vorrei rivivere senza cambiare nulla.

. . . .
. . . .
. . . .

Qual è stato il momento in cui mi sono detto:
"Questo sono proprio io, sono veramente me
stesso"?

. . . .

. . . .

. . . .

Sono stato felice oggi?

. . . .

. . . .

. . . .

Una cosa che negli altri mi fa arrabbiare. E una di me che mi fa arrabbiare.

....

....

....

C'è qualcosa che volevo ottenere e di cui ora
non mi importa più?

....

....

....

Darei un anno della mia vita per passare un giorno con una persona che non c'è più?

. . . .

. . . .

. . . .

Una cosa per cui i miei genitori sono felici di me.

. . . .
. . . .
. . . .

Una qualità o un talento che vorrei avere.

· ·
· ·
· ·

I tre desideri da chiedere al genio della lampada.

....

....

....

Quante bugie ho detto oggi? E qual è stato il periodo in cui ho mentito di più?

. . . .
. . . .
. . . .

La persona che amo mi fa stare bene?

. . . .
. . . .
. . . .

Una cosa che ho perdonato a una persona anche se non pensavo di esserne capace. E una
cosa che invece non sono riuscito a perdonare.

....
....
....

Una cosa che, se dovesse capitare, mi renderebbe molto felice.

. . . .
. . . .
. . . .

Una città dove mi piacerebbe vivere.

. . . .

. . . .

. . . .

Mi affido più all'intuito o alla ragione?

. . . .

. . . .

. . . .

Se facessero un film sulla mia vita di che genere sarebbe?

....

....

....

Un giorno del mio passato che cambierei.

. . . .
. . . .
. . . .

Che problema ho in questi giorni? Cosa o chi mi impedisce di risolverlo?

. . . .

. . . .

. . . .

Un pensiero costante.

. . . .
. . . .
. . . .

Sto vivendo la vita che voglio vivere o mi sto accontentando?

....
....
....

Una cosa che mi dà piacere fisico.

. . . .
. . . .
. . . .

Un paese che vorrei visitare.

. . . .
. . . .
. . . .

Cosa penso ci sia dopo la morte?

. . . .

. . . .

. . . .

Un personaggio storico con cui vorrei fare una lunga chiacchierata.

....

....

....

Tra dieci anni in cosa sarà cambiata la mia vita?

. . . .

. . . .

. . . .

In amicizia sono sincero o dico piccole bugie per far piacere all'altro?

. . . .

. . . .

. . . .

In quali situazioni penso sia giusto mentire?

....

....

....

La mia relazione di coppia mi fa crescere o scaccia la paura di stare solo?

....
....
....

La prima persona a cui mi rivolgo appena ho un problema.

. . . .

. . . .

. . . .

Una lingua che vorrei conoscere.

. . . .

. . . .

. . . .

Cosa mi rende orgoglioso di me stesso?

. . . .

. . . .

. . . .

Mi sono mai sentito umiliato? Quando?

. . . .

. . . .

. . . .

La prima cosa che faccio se sbanco alla lotteria.

. . . .
. . . .
. . . .

Una situazione che sta per accadere nella mia vita e che sono sicuro mi porterà gioia.

. . . .

. . . .

. . . .

Cosa vorrei migliorare nella mia relazione di coppia?

....

....

....

Se potessi avere un superpotere, quale sarebbe?

....

....

....

La malattia che più mi spaventa.

....

....

....

Cosa vorrei che accadesse nel mio weekend
ideale?

....

....

....

Lamentarmi è una cosa che intimamente mi piace e mi fa stare bene?

....
....
....

I miei desideri sono autentici o condizionati
da altri?

....
....
....

Spendere soldi colma un vuoto?

....

....

....

La più grande delusione della mia vita.

....

....

....

Di cosa sono stanco?

....
....
....

Ho paura della morte?

....
....
....

Credo che Dio esista?

. . . .

. . . .

. . . .

Cosa renderebbe la mia vita più piena?

. . . .

. . . .

. . . .

Una cosa che vorrei fare ma che non faccio mai.

. . . .
. . . .
. . . .

Una cosa che ho imparato ad accettare. E una cosa che non ho ancora imparato ad accettare.

....
....
....

Una situazione che ciclicamente torna nella mia vita.

. . . .

. . . .

. . . .

Sono capace di perdonarmi?

....
....
....

Nel rileggere le risposte mi sono accorto di quanta distanza ci sia tra me e il ragazzo che le ha scritte, tanto che non ricordavo nemmeno la maggior parte delle sue riflessioni, dei suoi desideri. So bene che quel ragazzo mi ha portato a essere l'uomo che sono, però tutto è diverso, dentro e fuori di me.

Le domande sono sempre le stesse, sono le risposte che, come noi, cambiano in continuazione. Cambiano insieme a noi.

È importante essere aggiornati su se stessi. Essere "presenti" ci permette di riconoscere le occasioni giuste, di non farcele scappare solo perché abbiamo un'idea vecchia di noi. Avere un'idea più autentica di noi, di ciò che siamo, non solo ci consente di non perdere le occasioni, ma in alcuni casi ci dà la possibilità di anticiparle o addirittura crearle.

Non c'è vento a favore per il marinaio che non sa dove andare.
(Seneca)

Conoscersi aiuta a non perdere le occasioni, ma soprattutto a non perdere tempo.

Ho sempre avuto paura di perdere tempo. Più passano gli anni più il tempo che ho davanti si riduce e mi costringe ad agire. Tutto ora è più prezioso.

È forse questo che si cerca nella vita, nient'altro che questo, la più gran pena possibile per diventare se stessi prima di morire.
(Louis-Ferdinand Céline)

Qualche mese fa ho riletto *La cognizione del dolore*, e ho notato un passaggio che mi era sfuggito, in cui Gadda descrive un personaggio che scende le scale:

... scendendo, scendendo: in un canto. Vincendo paurosamente quel vuoto d'ogni gradino, tentandoli uno dopo l'altro, col piede, aggrappandosi alla ringhiera con le mani che non sapevano più prendere, scendendo, scendendo, giù, giù, verso il buio e l'umidore del fondo.

L'immagine della discesa, i piedi che tentano e le mani che non sanno più prendere mi hanno fatto pensare a cosa potrebbe accadermi un giorno. Voglio che le mie mani prendano più cose possibile prima che "non sappiano più prendere".

Sono già curioso di sapere dove sarò quando tra qualche anno rileggerò queste domande. Al di là di quanto ciascuno di noi possa cercare di prevedere, calcolare e programmare, la vita è sempre una sorpresa.

La sera conosce cose che il mattino nemmeno s'immagina.
(Proverbio tedesco)

Non si può darle la forma esatta che abbiamo in testa, qualcosa sfugge sempre al controllo.

Il bello è proprio farsi stupire, farsi anche un po' trascinare per vedere come va a finire.

Mondadori Libri S.p.A.

Questo volume è stato stampato
presso ELCOGRAF S.p.A
Stabilimento - Cles (TN)

Stampato in Italia - Printed in Italy